只有寂静是温暖的

兵戈戈◎著

时代出版传媒股份有限公司
安徽文艺出版社

图书在版编目（ＣＩＰ）数据

只有寂静是温暖的/兵戈戈著. —合肥：安徽文艺出版社,2017.12
（2024.11 重印）
ISBN 978-7-5396-6183-4

Ⅰ．①只… Ⅱ．①兵… Ⅲ．①诗集－中国－当代
Ⅳ．①I227

中国版本图书馆 CIP 数据核字(2017)第 206478 号

出版人：姚　巍
责任编辑：姜婧婧　柯　谐　　　　　　装帧设计：徐　睿
....

出版发行：安徽文艺出版社　　www.awpub.com
地　　址：合肥市翡翠路 1118 号　　邮政编码：230071
营 销 部：(0551)63533889
印　　制：三河市兴国印务有限公司
....

开本：880×1230　1/32　印张：6　字数：150 千字
版次：2017 年 12 月第 1 版
印次：2024 年 11 月第 2 次印刷
定价：49.80 元
....

做一个回乡的人

——读兵戈戈的诗

在兵戈戈近一百三十余首诗里我读到了浓烈的无法化解的乡愁。二十世纪直到今天我们都在不断地远离、抛弃故乡。诗人大抵是还乡之人，每一个时代的诗人都在提醒故乡的重要，自诗经时代以来就是这样。故乡如同胎记，而二十世纪直到今天我们都在试图抹去这个胎记，让我们成为没有故乡的异乡人。读完兵戈戈那些热切的故土诗，我发现，淮北平原上从管仲、鲍叔牙以来的忠诚之风迄今未绝，兵戈戈因为忠诚成为故乡的守护人，诗人从来是因为忠诚才成为诗人。

兵戈戈感叹他小时候见过的八百里清澈见底的颍河水，那时候还可清晰地看见鱼虾，可惜在八十年代就断流了，今天，已经被完全污染。在故乡，除了老人，年轻人远走高飞，成为人民币的信徒，而兵戈戈却在五十岁以后，成为故乡，成为淮北平原，成为颍河水的信徒。他笔下的故乡都是他在十七岁之前见过的故乡，他在五十岁以后忽然明白何谓故乡，何谓文学或是生命之根，所以他才如此猛烈、密集地抒写故乡。好的文学就是不断地回到一个人的开始，回到小时候无数温婉难忘的细节，比如蝈蝈，兵戈戈回忆他小时候在淮北平原见过，其体形与音量，至少比我在江南见过的要大一倍还不止。二十世纪的科学技术让人类全体失去了故乡,我们的生活方便了,却失去了故乡。无可依归,这是共同的命运。故乡被抛弃了,这就意味着我们诗歌的最大主题就是还乡。在兵戈戈笔下,父母,平原,颖河,杨树,蝈蝈,麦香,都成为浓浓的乡愁,他通过大量的抒写故乡来排遣对故乡的思念。故乡还在,无人还能认得出它,生活在那里的人也无法认出它来了,这是多么大的悲哀呀!放弃故乡,即是放弃我们的来处与归处,同时,我们的汉语是一种乡愁的语言,放弃故乡也如同背叛语言。

兵戈戈的诗没有一首不是写故乡的。没有对故乡的真爱,不可能这样密集地抒写故乡。重复是方法,更是大爱。兵戈戈终于在这样的重复的抒写故乡中抵达了抒写的灿烂之处,依我看,下面这一首诗是写故乡方面的经典之作,不得不引用在这里,还有其他许多就不在这里引用了:

做个回乡人

才知道故乡多么宽广

宽过九月的阳光

也高过屋顶的炊烟

村庄连着河流

麦田连着黄昏

云朵落在水面

母亲落在云上

低矮的夕阳

被走失的羔羊绊了一下

没到天黑

就忽然落了下来

夜来到村前

才知道故乡多么渺小

小过油灯的火苗

也低过母亲的目光

　　兵戈戈为什么要还乡？是因为异乡遮蔽了故乡？其实回归故乡就是回归我们汉人的开始，回归我们汉人的仁义礼智信，回归我们汉人的温良与忠诚。这个汉人的故乡，人人无我，人人道法自然，人人四海之内皆兄弟，两千年如此，五千年如此，这个故乡不能变，变了，我们就要还。故乡是兵戈戈的神，他知道，要想重获故乡就得从祭祀故乡开始。兵戈戈在八十年代开始写诗，之后停止了近三十年之久，前几年又开始写作，故乡的主题在他的诗里凭空而降，没有第二个主题？这是为什么呢？这难道是他的故乡在催迫他反复抒写故乡，不必再写第二个主题？也许正因为此，他在十七岁之前见过的故乡才护佑他成为一名诗人，这是故乡的神力。

　　可是故乡已经无人，兵戈戈反复写故乡，是因为没有故乡的世界是一个贫穷与非人的世界吗？失去故乡，你会成为游魂，这在《诗经》的时代就有。"采薇采薇，薇亦作止。曰归曰归，岁亦莫止"，这就是失去故乡之苦。故乡有它的永续性，科学技术的永续性在哪里？对于现代性的异化，故乡即是救渡。故乡是人之初，性本善，喊醒我们的，不是别人,正是故乡。有故乡,安身立命顺理成章,无故乡,五常之德如何安立?

重识故乡,重返故乡,重建故乡,这是比什么都重要的任务。

兵戈戈自己说,还乡的路会耗尽我的余生。一个民族,只有爱故乡,才能明白自己的来去,在今天,人的欲望高于一切,淹没了故乡。没有故乡,如何有存在感?故乡反对异化,它是浪子的回头之路。

读兵戈戈的诗,方知诗是对神圣故乡的守护。

杨　键

2017 年 9 月 27 日

（杨键:当代著名诗人、画家）

目 录

辑二 锁在异乡的人

辑一　雪的内核

离乡三十年的路程

大雪,填满了夜晚
风吹来,每片晶莹的雪花
都有一座雪山的重量

我在雪中,安静地睡去
梦见了灶台前早逝的母亲
她说:看你,头发都花白了

这温暖的嗓音,一层层地
沿着大雪节气的方向
从池塘边,柔柔地传来

当我应答的时候
才知道,距离听见这句话
已有离乡三十年的路程

一片雪花的重量

雪花飘落,向寒冷的深处
它落下的声音,很柔也很重

砸痛了,小狗的狂叫
和一丛丛雀鸟的嘈杂
以及昨夜父母熟悉的争吵

现在,都转动着浑浊的目光
蹲在屋檐下,慢慢地疗伤了

而那片顶着雪花的麦苗
已很陌生,燕子窃窃私语

它们述说的冬天,一下子
打翻了我的雪花抒情诗
尴尬地流了一地的词语

今日有雪

雪
穿过秋的门楣
落上我荒芜的心
一只青鸟远远地
向着旧日的时光飞去

那片洁白中散落的
是不是我梦中的故乡
最亮的那盏灯呢
总得让我去追寻吧

至于这漫天的苦寒
就留给无尽的思念
去温暖吧

让归心
走在回家的路上

雪穿过大寒和小寒

是在南方
却执意一路向西
在未融雪之前

雪落颍水
这是上天的意旨
是穿过大寒和小寒
再拐七十七道湾
翻七十七道梁

颍水古道
流逝了齐国衰老的哽咽
也堆积着草长莺飞的枯荣
和沉沉睡去的大豆与高粱

而雪的脚步依然醒着
被风压弯的影子越来越瘦

越来越瘦的
是严寒弥漫的颍水
渐渐流入了眼中

一年只回一次啊
以至于错过江南的烟雨
那就落在颍水畔吧
疲惫的雪……
一片片融入了故乡

秋日越来越短

在雪抵达之前
趁风雨飘落
一步一步地往前赶

为了行走
一路在丢弃
万物空前地一致
江河变得渺小

路边的草木
蜻蜓和低飞的蝴蝶
寂寥如泥
涂满越来越短的秋日

几近透明的影子
压不住内心的火焰
大寒飞来

天空的雪花
贴近了我的灵魂

我已到达故乡
到达温暖的屋顶
灵与肉埋在了雪里

故乡,此时降雪

雪落田野
故乡更低了

我看见自己
被遗忘的名字
如象形的符号
填满了岸边的老树坑

我的故乡
总习惯于沉默寡言
无意之中
构成一湾绝处的风景

纸上的夜晚
越走越白了
越走越白的
还有举灯笼的人
照亮我的悲悯

风雨中的大寒

冬天就要到了
嚼着霜花的羊群
最早回到亲人的身边

寒风每次过去
都能听见父亲的呼唤
和我骨骼的声响

如今,严冬步步逼近
父亲,也去了看不见的远方

别人的冬天已上路
而我久违的大寒
依然飘摇在风雨中

冷也回不去的故乡
羊群,一直顶着大雪
静卧成冬日无声的石头

融雪的路爬上脚印

千里飘雪,带来了平原
万丈光芒,停在背上的雪
找到了,属于自己的体温
疼痛却越陷越深

我借故乡的阳光,辨认
喧嚣的世界,是一尘不染的
炊烟,抚慰我不安的灵魂

独行于澄明的原野,一些
融雪的路,爬上裂纹的脚印
这是不曾停步的驿站,有人
在我的骨头里,敲出声响

寻　找

找到干净的黄昏
就找到了干净的牧归
也就找到母亲干净的炊烟

找到干净的夜色
就找到了干净的月影
也就找到连绵干净的蛙鸣

找到干净的灯火
就找到了干净的明亮
也就找到温暖干净的村庄

找到干净的阳光
就找到了干净的土地
也就找到无数干净的内心

雪中的飞翔

每个故乡
都有属于自己的雪
属于自己的
从远方疾飞而来的石头
落在我的眼中

而雪的到来
离去或再次消失
都融不开内心的积雪
旋起的风
加重了未老先衰的孤独

跟随着雪
我的忧伤无家可归
失重的身体被雪花覆盖
又被雪轻柔柔地
抬起飞翔

月光在上升

我咽下了所有的风雪

冰凌与星辰

让今晚雪中孤单的翅膀

找到回家的路

不想离开这个夜晚

不想离开
留给我的这个夜晚
池塘里
有月影婆娑
被晓风拆散又团聚
蛙声自言自语

停在屋檐上的
蓝色星光
一直在自己的火焰中
温婉地盛开
却不知离凋零
仅隔着一小片的月光

我看见
一张美丽诱人的脸
瞬间落入了

月色还未抵达的深渊

有朵莲花

正好落在我的手上

有早醒的蝴蝶飞出

叶子暖了
鸟声也挣脱冷的风
飞过第一棵青草
第一块露出的石头里
绽开的惠风

春抖动了一下
那么多梨花落下
最早平原上的孩子们
使劲地奔跑
雪被攥在阳光的手中

我的体内
仿佛听见悦动的潮声
慢慢喧哗
而我颤抖的唇
有千只早醒的蝴蝶飞出

年 轻 的 风

黎明之前
是你最早的身影
背负起万亩桃花奔跑着
仿佛有人世的艰辛

一大群年轻的风
涉水而过
河流交出了浩荡的阳光
世上的一切
与你有着惊人的相似
绿的日子被雨打翻一地

一朵朵白云
从天空运往寂静的山谷
洁白得如一条
故乡的小路
而花事在秘密的集结后
一点点接近春天

雪的内核看见了火焰

太多的风,来不及收藏
雪,就落满了一地
如听着,马嚼夜草的声音

打开雪的内核,我看见
一束火焰,找到了天空的燃点
光脚而来,只为一生的清白

仿佛看到童年的梦想、平原
村庄和内心被蜕化的部分
以及母亲拥抱的体温

那片雪,像早春二月的梅
在母亲的手中,梦一样盛开
我找到了,温暖我一生的源头

母亲,把那雪中的火焰

带到比火焰更容易融化的地方
内心的最深处

桃 花 劫

我如何
才能追赶上不灭的桃花
必去的远方
总是有心事浩茫

近于透明的红色背景
突然飞了起来
正午的阳光
穿透桃花体内的血
骨骼和蝶翅飞过的痕迹

这极尽烂漫
令我今世命犯桃花
孤独的灵魂
已染上花瓣一样的轻盈
色如春的绝世红颜

那跳动的娇艳

再次惊醒悄悄藏起的泪

满身的红

是否留作下一次相聚

新　巢

雨燕斜飞
在黑夜降临前动身
比春风还快
比昨日的云纯洁

那些身边醒来的树木
留下冰雪的啜泣
逝水仍在身旁
是悲还是喜

打开一扇门的翅膀
惊动了
破空而来的阵阵雷声
风一直缄默着

天空的远方
有条闪电的裂隙

新筑的巢就在裂隙里

等待飞翔

羊吃完最后一勺雪

第一缕春光
洗净了旧的山谷
让自己的温暖沉于池塘
从一滴雪水开始启程

停下来的归鸟
整理着一身疲惫的羽毛
游子回到了起点
寻找雪地里的脚印

一群单薄的羊
吃完路边最后一勺雪
还没来得及抬头
草的厚度就增加了一寸

那小小羊倌
在土堆上坐着

一片空寂
我闪出的泪光
被一河春水拦住去路

二月的最后一夜

水声浮着冰上岸后
就开始寻找
一年一度的青草
与天空之间微小的缝隙

吃草的羊群
让原野安静了下来

我在河的对岸
看一朵不曾消融的雪花
正穿过麦田
寻找失散多年的亲人
它们试图说话
却发现对方已转身而去

那一时刻
隔河的水越来越深

草地上的白花
也守在今晚不同的远方

孤独的夜
为流浪的人辗转反侧

千 年 水 边

梦中池塘
随着鸭子的心跳醒来
把清露一饮而尽

温暖的水
怎么也游不出唐诗韵脚
不是先知先明
才把嗓子吊在柳梢头上

那垂下的声音
竟从精致的古色古香中
浮出红掌来
成了千年水边
一个花枝招展的春天

云朵像小鱼
游进黎明睡与醒之间
梦里梦外都有水声

鸟 的 远 方

鸟的鸣叫

是穿越玻璃的声音

随阳光的潮汐

浮了上来

花儿一直消瘦

除了收留

一缕春风作为闪电

和雨季的迁徙

我还能为你做些什么

那飞鸟

总落不到天空的上方

是雨水收拢了翅膀

要多少风雨

才能擦亮那一双眼睛

雨和雨的间隙里
飞翔的路
断在看不见的低处

桃 花 潭 畔

汪伦等待着

从马鞍山顺江而来的李白

十里娇宠桃花

在他头上坠落的年轮里

升起了三月春风

和一个贤达书生的背影

万家酒楼的醉

也酿成了一夜古镇的风流

与我相隔的

只是一首唐诗的距离

当我移步走近了

被雨水湿透的桃花潭畔

它已穿越千年

接近三月桃花的形状

而诗意的江南韵

正从幽深的潭水中慢慢浮出

我藏起秋风的刀子

还能有什么
比这秋天的空阔
让我想起生命的尾声

远方的苍茫
我藏起秋风的刀子
雕刻着一圈圈年轮

落在地面上的云
让脚步的疼痛
忘记了所有的来路

行走在灵魂之渊
不因风雨凋零
不因落日写满时间

等待飞翔的鸟

等鸟苏醒后
深秋的荒草在疯长
树木挂满天空
伸出寂静的弧度
等待飞翔

振翅的声音
一直蹲在枝头上
像暂停飞翔的顿号
遗忘在黄昏中
风漫不经心

不要说孤独
不要忘记呼啸的风声
一切低俯的时光
都将消失于
一跃而下的天空

漫过头顶的深秋

蠕动的秋
一节一节地
随着阳光的白
深了下去

想用影子量一下
这秋的深
就漫过头顶
我试图控制自己
不让身子下沉

推开这黑的风
把我的影子裹紧
有冷霜
拍打九月花开
一瓣瓣的香
浮起夜色的荒凉

扑面而来的星光

像刚醒来的梦

长满了青苔

我极力地上升

终于用额头抵住了

人间的万丈光芒

生　命

无法测量出
岁月深处
从生到死的距离
生命貌似一段
虚拟的孤独之旅

但我看见了
五色菊、格桑花和蝶
铺成了多远的小路
是一生读懂的风景

这是我唯一
可以回到的生命源头
回到可以呼吸的岸
以及生生不息的平原

我们为什么要去爱

总想抽离你的体内
带着半轮如雪的月亮
一盏行将熄灭的灯
在一片森林里
重新搭建黑暗的巢

让红尘干裂的路
爬到掌心去寻找水源
饥渴的雨要走多久
才能返回干净的天空
云朵再一次地纯洁

仿佛一不留神
就会随爱的声响而去
留下一个空的自己
只等一场晚来的大雪
覆盖卑贱与荒凉

花　园

当我路过
昨日的花园
雪花
静静地开放
数不清的花瓣
把一切覆盖和掩埋

我站在一片记忆里
于月夜中
独自大雪飞扬
那看不见的过往
都在这洁白的花香里
沉沉睡去了

月色一片片转身
花朵依然未从梦中醒来
而我在这无声的花园里
已站成了冬天

体内的远方

忧伤的光影,深度的
潜入破碎的田洼、弯曲的路
潜入水中静默的石头

有无数的家人,带着
故乡的记忆和虚妄的肉体
从不安的平原上,再次消失

夜晚安静的牛羊、蝴蝶
以及无家可归的黑色虫鸣
等待着草木,发出年轻的芽

而体内,慢慢行走的远方
是我们一切痛苦的源头
是徒劳的,去寻找栖身之地

寻　找

飘进夜的雪
只是一声瘦削的轻嘘
便唤醒了
一大片失眠的平原

雪地上
有失踪者的足迹
倒在了凛冽的寒风中
黎明前或更早

半轮弦月
趁着积雪的黑暗
寻找昨晚摇晃的灯火
和失踪多年的人

而我
就是不在现场的那一个

一个在乡愁里
病得很重很重的影子

我看到
远方经过的泥泞
又一次踩脏洁净的村庄
雪流出了泪水

我曾经饥饿的沉默

低处的月光
如一群沉默的羔羊
如我饥饿的身体
书写着沉默
其实我的沉默
与你的饥饿一起饥饿

在辽阔的
被黑夜加持的平原
你倒出了
全部瘦弱的炊烟
也无能喂养
我的饥饿着的沉默

我想向
沉默的平原呼喊
又不想听到它的回声

饥饿似水

我只能就着这一杯月色

一饮而尽

记忆里的微光

指向远方的杨树

装满了雪回忆

只有它还继续生长着

黑夜伸出的

白色枝条

划出了雪的声音

寂静无边

这白和黑倚在我诗中

像我老去的母亲

单纯而专注地

缝补着饥饿的

伤口

一路寻找

只见自己的脚印

紧紧跟着我

而那片瘦小的雪花
已赶在我的前面
偌大的平原
只剩下一两点记忆里的微光

平原依然在春的高处

平原上的春天
是从返青的麦苗开始的

我离家的脚步
必须在麦苗返青时响起
和一群归来的燕子
擦肩而过

那一缕炊烟
已安葬好我生前的自己
而我也模糊成
悄然收拾行囊的身影

从楼宇间投来的目光
带走了我一片半生的荒废
我漂泊的生命
已存在于另一个身份

我不再回来
无法将麦香送到你的唇边
或许我回来时
麦苗早已被春天埋葬

多像一场寓言
淹没在巨大的寂静中
平原依然在高处
依然有不肯落下的黄昏

逗　号

总有说不完的话
即使结局
都不在你的回忆里

永远等待
等待一个别人的梦想
带走你的梦

你一直
守着这个忧伤的秘密
孤独而紧张

没有更多的追求
你在
就是他人一生的圆满

句　号

你空了的生命
不曾有过很小的缝隙
漏下光芒

像风铃
化作流星坠入怀里
风不见踪影

打不开的结局
隐藏着
比空无更真实的空无

所幸的是
众人每天都守望着你
有光填满体内

问　号

一生都在追问
缺口处
有人从孤独的空虚里
拔梦而出

又陷入了置疑
彼此成了彼此的问号
而最初的梦
溺死在空了的世界

回答你的
只有这空了的世界
生命那么重
你盼着万物都有结局

顿　号

一次次地转折
你仍然停留在原地
为他人抑扬顿挫

无数个飞奔而过的
清晨、黄昏
河流、高岗
准备的激情与你无关
还好山河都在

可你身上的刀刃
也有隐隐的渴血之痛
却一直守口如瓶

辑二　锁在异乡的人

父亲的沉默

都不说话,就这样坐着
像听着,空空的风声
他一个个停在半空中
咳嗽,一直落不到地面

其间,有小狗匆匆地进来
亲人似的,卧在父亲的脚边
如守着父亲孤寂的时光
这时草长莺飞,时光飞转
与消失的声音折叠在一起

开在树上的星光,飘进老屋
在空中滑了一下,轻轻地
跌落在我的手上,我听见体内
有月光断裂的声音

其实我没有真正地离开

一个人的夜晚,很深也很冷
乡间的小路,荒草淹没了星辰

小寒坠落,离情被深度击伤
有喊声在我血液中穿行

我必须朝着这个村庄鞠躬
无助的目光,伸出无助的悲凉

仿佛我不曾真正地回来
好像我一直没有真正地离开

回　家

冬天是安静的
恍惚的江南是安静的

如果天空飘来雪花
就该回家了
突然而来的泪水
从指缝间流出
竟是家乡消瘦的河

悲伤和喜悦
已冻结在田野上了
唯你能听见
那雪下的呼喊

逝去的湖水

一湾家乡的湖
随褐黄色的涛声
忧伤地去了远方
故乡咽不下这疼痛

奔跑的亲人
纷纷停了下来
看草木跌倒在村庄
却找不到哭泣的理由

它被埋葬在何处
有蝴蝶和蜻蜓飞过
一直压低的云
让这个夏天显得悲伤

我被锁在了异乡

是父亲留下的老屋
青草和野花
喂养着乱生的瓦砾
也喂养着剩下的时光

无法抗拒的沧桑
木门紧锁着生锈的童年
一直没有生长的炊烟
却生出了黄昏的忧伤

总也回不去的故园
堆积了太多的苍茫
如一把斑驳的锁
把我锁在了恍惚的异乡

想起了早逝的母亲

屋前的石榴树
是我儿时的家园
拥有和我一样的根
写在整齐的家谱上

最初听到的花落声
是一地的爱怜
从夏日的窗口轻轻飘落
映着母亲年轻的脸

几颗干枯的石榴
将花的忧伤结成果实
我剥开了内心的酸
忆起的都是悲凉

父　亲

故乡日渐消瘦

瘦得只剩下

我羞涩的方言

和倒在风中的炊烟

以及梦里的耿耿于怀

我把父亲弯曲的背影

搂在怀里

如拱起的桥

渡我一生的福

背你半生的疼

颍水，我能听懂的方言

一条北方的河
颍水畔，我遇见了自己

只要找到铺排的杨树
就找到了一条远古的河流
岸边轻薄的阴凉里
管仲国相与鲍叔牙
正打理着齐国的宁静和富饶

也就看见了
同河的喘息融在一起的亲人
以及高粱秆下沉默的忙碌
阳光正如水草般
穿过了一脸的苍茫

把心丢在水中
与河畔的杨柳分享爱

心和水鸟诉说着久别的梦
从此岸到彼岸
泅渡着我苍老的容颜

颍水
是我唯一能听懂的方言
我这漂泊的半生
已深入颍水波光粼粼的痛

今夜，颖水畔的眷恋

从江南探出头
查看颖水畔的夜色
一只乌青的猫
发出一道孤独的光

风声一直跟着我
在杨树与杨树之间
田垄与田垄之间
村庄与村庄之间
空蒙与空蒙之间
我们彼此相惜

一个人行走
水之月就是故乡
就是心中的朴素与清贫
我早已习惯这薄薄的冰凉
如习惯望眼欲穿的眷恋

深深地揳入我的生命

而颍水一次又一次
荡漾出梦一样的光芒
那是我一生拥有的
不断生长的妖娆与沧桑
更多的爱倾入水中

是谁从哪儿
弄来了这么多的月光
楼着颍水两岸的宁静
我的小镇安然入梦

敷在疼痛上的月光

那是故乡的月
洁净而温润
可以折叠和收藏

一个人的夜
记忆被城市洗劫一空
思念却疯狂地生长
蝈蝈声有些旧了
星光布满斑痕

当异乡的惠风
把吴钩化了
一颗漂泊多年的心
生出了一小块难愈的伤

就把故乡的月光
取出几片吧

轻轻地敷在疼痛上
其余的
涂抹在异乡的夜色中

当荒芜穿过故乡

在荒芜抵达之前
我是故乡的一片黑土
生长卑微的灵魂
也生长醉人的麦香

一只疲惫的行囊
拖着忘了名字的背影
看城市蝼蚁穿行
晚风慢慢地枯萎

该离开的已离开
春天也被遗忘在山谷
唯有寂静的荒芜
穿过村庄与土地
穿过老人与狗的张望
和几张沉默的脸

而我几乎成了
故土一抔轻薄的尘埃
只生长清明的哀思
中秋的乡愁……

有月色落在肩上

有月色落在肩上
取下辨认
原来是故乡的思念

那一曲箫声
已穿越孤灯的独白
点燃黑的夜
寂寞的光

而我选择了在白露凝霜
接纳你旧时的笑容
你说
今夜只属于我
悬在枝头的思念
只属于我
孤零零的故乡

只属于我啊

乡　音

你只会喊我
被城市遗忘的乳名

从荒芜的人丛里
温柔地传来
宛如晨曦的边缘
渐行渐远的梦

如今啊
我要去哪里寻觅
这世上最美的声音

只有黑夜的梦
能听到我的哭声
能看见你从我的泪眼中走来

回到母亲的怀抱

脚上
布满尘土的路
走着走着
就成了河床的记忆

别把我锁在四面筑起的
高墙,被碾碎或淹没
我的声音已微不足道

让我再回到母亲的怀抱
静静地,吮吸着
重新变得幼小

这是狂喜中的忧伤
这是最近
也是最远的
最初的梦

有水声跋涉而来

有水声,自黑暗深处
跋涉而来

从草木的根部
出发,穿过泥土的寂静
以奔流的速度
抵达岸和梦的边缘
仿佛,那一片辽阔
已在自己的生命里
卷起清澈的波澜

云霞,落入水中
河水也接纳了干净的
灵魂,重又回到生命的本源

这一生,都在追寻
追寻枕着浪花入梦
看自己的岸正在消失

草木守住了自己的颜色

冷秋
梦见了枫叶,不停地燃烧
醒来惊觉地发现
自己的影子,已经凋零

一片枯黄,飞奔而来
飘落了秋的苍茫,只剩下
瑟瑟的呼唤,村道
西风和瘦影

还好,草木
守住了自己的颜色
让秋有了拥抱的温度

阳光,顺势而为
把高于天的蓝,刻进了年轮

中秋月，染白了鬓发

在唐诗里
找回的月亮
只要一笔一画
就把故乡的山川
照得通明

沿回忆的山谷
星光一寸寸暗淡
月色一朵朵盛开
花香很美
也很忧伤

多像我的乡愁
在赶往回家的路
一片孤独的云
飘过今夜的空寂
霜也落满故乡

中秋月

依旧染白了鬓发

这半生的旅程

是下落不明的岁月

是总也回不去的远方

把梦还给故乡

今晚
晓月很好
风断处
谁扶它一把
不让芳香
压弯了枝头

白露凝霜
冷了
桂树上的月光
有莫名的疼
游离在
仰望的天空

夜色朦胧
有鸟儿啼鸣
请把梦还给故乡

把故乡还给梦

醒来

我已成了替身

秋 水 帖

瘦了的河水
有湿漉漉的脚步
在折断的风雨中
生成几卷飘逸的云

所有的聆听
来自天空奔跑的声音
把水运往雪的故乡
一朵拥抱着一朵

走失的秋水
归隐在草籽的内心
霜的声音
响起于三百里的旷野

是成长的痛
还是不追逐着流水

在逼近的严寒里
拥抱着自己的孤独

长在身上的树叶

血红的枫叶
温暖在秋天的额头
河水漫过云层
风也回到了树上

飘落与季节无关
我只是伤心的一枚?
在故乡的原野
保持着远离的姿势

总是以为
落叶不能归根了
而低头才发现
树叶就长在自己的身上

花瓣刻满乡愁

你的宁静
开放在故乡的山野
寻觅的风
找到了情感的落点

花香漫过河岸
越过了山岗
习惯了寂寥的清晨
也习惯了
长满青草的黄昏

不得不承认
我配不上你的低矮
这过客般的身份
加深我的不安
而你的花瓣
已刻满我的乡愁

我们同样生长
在贫瘠的故土
你以春天的方式
为亲人们盛开
我却以冬季的寒冷
伤心地离去

异乡的今天、明天
或更长的时间
请允许我
把你的芬芳植入我的体内
在彼此目光的对接处
成为永远的亲情

农历八月十五

是谁的情结
让人世间举头望月

有月光一瓣瓣飘落
一千一万朵
压弯了故乡的河流
有坚硬的惆怅停在水中

总是醉于打捞
忧伤被拎出水面
拍完栏杆
江水已满面愁容

低头看见一地的相思
流向了远方

秋天的过客

河水,肥了又瘦
把白露凝霜,推到了极致
澄明的秋天,有霜降
在黄叶上滑行

一滴檐雨,无意间掉下
加深了愁的秋,浓了秋的愁
更多时候,我们都是过客

落叶,一直在漂泊
在漂泊的,还有我秋雨中
浸泡太久的诗,果子般滚落

还有什么,比这秋的空茫
更让我想起生命的尾声
风中站起的目光,仔细打量着
逝去者的高度

以千山万水的忧伤

月色潮湿,半明半暗
几只低语的鸟:去哪儿

搁浅在西窗的云,一定有水
要不,怎么启航回故乡呢

今夜,有一万双羽翼飞离
飞翔的声音,倾巢而出

我被自己的影子拎着
荒凉行走在有我的异乡

无我的故乡,在远方
忧伤,是明月下的万水千山

方　言

我水鸟般的
方言
是一条永远找不到
岸的河

梅花开放
我已在远方
穿过寒冷的渡口
独自守候

发同韵的音
把呼吸交出后
我喉咙里
就有雪一样的浪花

我来世的岸
在体内埋藏着

一段失去年轮的
孤独旅程

故 乡 月

熟悉的月光
来自鸟的飞翔
我垂下夜幕
想抓住抵达的声音

故乡月
在来的路上
像翅膀对天空的思念
慢慢庞大

停在树上的鸟鸣
已融入夜色
只剩下秋风里
被月光拉痛的身影

嚼着秋风的羊

村口的那棵老树
还支撑着故乡的空茫

阳光爱着的青草
不藏不躲地任羊咀嚼着
秋风也含于它的口中

一朵隐身山里的野菊
已接近故乡的真实生活

而我注视的芳香
是羊群唇齿间流出的
多余的沉默和孤独

村　庄

不能再消失了
池塘、老屋和土街
已消失于尘埃

其实,被城市侵蚀的
是小麦扬花灌浆的春天

野草不断生长
牛羊开始思索
炊烟扬长而去

其实,那真正消失的
是一些走投无路的亲人

一 只 蝴 蝶

一只顽皮的蝴蝶
死死抓住瓶口不放
犹如当初躲在草丛中

它在等待追风少年
在另一个奔跑的梦里
一起去河边飞翔

田野上升起了暮色
乡下的九月
依旧是远方的空茫寂静

春 风 辞

一枝柳芽捅破故乡的春天
雪花凋零了

蜷缩了一冬的身体
换上一袭淡黄色的衣裙
依旧如去年的熏风

早起的野花和露珠
爬过了颍河岸边
有牛羊咬断了草根的宁静

注视着炊烟落于云水中
春色如此伤人
我感知了故乡的冷暖

身体里的故乡

我一开口呼吸
故乡就滑进了喉咙

带着无端的疼痛
反刍后下沉
沉到血液和骨头里
沉到孤独的母语
以及短暂的生命中

漂泊异乡的灵魂
已生满故乡的虫鸣
那些梦靠在我的肩上

寻找走失的乡间小路

知道你还活着
在遗忘的秋风中

无法抵挡的荒芜
被霜降加重
我把目光压低
看到说着梦话的路径

乡间走失的脚步
宛如从城市的喉咙间
哼出的一支
失声于荒野的歌

像被它自己遗忘了
从屋顶慢慢倒下的炊烟
已成为不朽的记忆

正　午

河水是安静的
牛羊嚼着青草是安静的
炊烟也是安静的

阳光正好
在故乡的正午飘着
这空的澄静
是我莫名的忧伤与痛

立于水的鸟
河岸和成群的白云
我无时不固执地深爱着它们

像如此深爱着我身体的一部分
它巨大的背景里
有我一颗孱弱的灵魂

迷路的归燕忍住悲伤

村里已没人
空茫的屋檐下
还吊着离别时的雨滴

清冷的秋天
一直悬挂在故乡
蓝菊花安静地开放

亲人们鱼贯而出
游成了河里的刀鱼
迷路的归燕忍住悲伤

此时我失去的
小麦、大豆和高粱
像泪滴落在空了的水中

城里的月光很美
却忧伤地照着乡间路上
泊着的脚印和油灯的背影

做一个回乡的人

做个回乡人
才知道故乡多么宽广
宽过九月的阳光
也高过屋顶的炊烟

村庄连着河流
麦田连着黄昏
云朵落在水面
母亲落在云上

低矮的夕阳
被走失的羔羊绊了一下
没到天黑
就忽然落了下来

夜来到村前
才知道故乡多么渺小

小过油灯的火苗
也低过母亲的目光

夏收住进了果核

亲切与宁静

麦子一样,躺在正午的阳光下

前方,母亲佝偻的背影

陷在起伏的麦浪里

她收割的姿势

不慌不忙,从容而坚定

风吹来,麦穗就陪她摇曳

她的姿势,就是夏收的姿势

挥汗间,田野就空了

母亲的歌谣也近了

蝴蝶和山雀,有了去向

夏收,住进了麦子的果核

母亲总是弯着腰

像蚂蚁,在搬动着粮食

被风吹乱了田野后

她把好日子，一个个找回来

田野上的诗草

家乡的暮色
是从归鸦的翅膀
开始的,林子忧郁着

蛙声,渐渐漫了上来
水底的石头不动声色
这时暮色,就高高低低了

村口,露出了灯火
有清澈的溪水,跟着老人
愉快地拐了一个弯

成群的牛羊
挤满了窄窄的暮色
道路,也埋进了土里

时光慢慢地流着

拖着晚秋最后一朵云
深陷于,那苍老的眼睛

抓住坚硬的风

我想抓住
乡间小路的尽头
抓住马的响鼻
和草的芳香
那深藏在平原下的
前世和今生

而它们
跟着我多年
有的已成伤疤
心跳与暗长的回声
固执地尾随着我
像坚硬的风

其实我知道
不管走在哪里
我抓住的

都是我在世上的疼痛
是还乡的路
或许耗尽我的余生

暮　色

平原的暮色
是静美的时光
是绵延着一望无际的空旷
有蝙蝠
在我诗中神秘地穿行
落日
加紧了它最后的燃烧
浮华散尽
一个摇晃着的平原
在流淌的暮色里
滚滚落下

村里的月光
总是从年迈的树丫间开始
接着就等待
一群归来的鸟雀
填满今夜
最温馨的巢

被露水打湿的村庄

斜倚在
路边上的月光
是在我回家的途中
遇到的
她有瘦削的身姿
和白色衣裙

夜色荒凉
野草包围了她
也包围了
被露水打湿的村庄
我听见水声
穿过没有麦苗的田野

今晚
一轮轻愁任露水湿透
所遇见的人

都重复着简单的表情
我把此时的落叶
看成了飘雪

只有寂静是温暖的

在空中
有我安静的平原
一轮清月
石头般沉入浅浅的池塘
我如一片落叶
拉住了冷风的手

一只惊飞的乌鸦
熄灭了村口
最后一盏微薄的灯火
只剩下
空茫的夜
一声空茫的心跳

这是
一个人的寂静夜晚
只有这寂静

是温暖的

像一滴热泪

停在我的眼眶不肯落下

这是我的月色

月光流出，淹没了半个夜
故乡，就躺在汹涌的月光中

村庄亮着，伸长了午夜的路
一直伸向亲人们的脚下

我知道，这是我的月色
这是我麦香里，睡着的微笑

我认识，所有沧桑的脸
像认识，月下漂泊着的灵魂

十 里 蛙 鸣

平原,就这样敞开着
亮出十里蛙鸣,微风来往
杨树下的村庄穿行其中

从白嫩的月光下,跃起
一意孤行的,落于夜色之上
又从背后把我慢慢地抱紧

这带着呼吸的子夜之声
把清凉的河流,映得通明
在我的梦里走出又返回

与寂寥的沉静,浑然一体
直到成了故乡永远的别名
直到贴近千年的夏夜中

牛羊挤满了暮色

家乡的暮色
是从归鸦的翅膀
开始的,林子忧郁着

蛙声,渐渐漫了上来
水底的石头不动声色
这时暮色,就高高低低了

村口,露出了灯火
有清澈的溪水,跟着老人
愉快地拐了一个弯

成群的牛羊
挤满了窄窄的暮色
道路,也埋进了土里

时光慢慢地流着

伴着晚秋最后一朵云
深陷于，那苍老的眼睛

孵出沉睡的鸟鸣

我可以在,树上的月光里
住着了,可以用一口淮北话
化梦为马
消失于少年的鸟巢

其实,我已失语多年
枝丫间,生锈的星辰
坠入雨中,就一滴
便唤醒了我的万物生长

一只饮露而生的鸟
啄伤了,从梦里悄然划出的
绝世红颜,接近她的雨
孵出一片沉睡的鸟鸣

母亲的时光

春风扫过屋檐

燕子从墙壁里长了出来

阳光，飞出又飞进

有春泥和燕鸣滴在桌上

屋内的旧时光

被母亲一寸寸地攥着

又从她的身体里

慢慢取走流水

江河，漫出了我的嘴唇

母亲，居住在蚌壳内

她试图挣脱昏暗的事物

总有坚硬的壳

摩挲着她温软的心

风再大，也吹不走石头

母亲就截取一段路
追赶另一段匆忙的距离
春来了，有雪花
落满她的头和寂寞时光

亲　人

我知道,此刻
故乡,是春天的一部分
也离我的身体最近

那些赶早的牛群
阳光,以及初恋的蝴蝶
我都想,把它们牵在手里
当作亲人——领回家

这时候冷风蛰伏
岸也回到了河边,青草
天空和云朵,总迷失于水中

微雨穿行,风入体内
身披草木香气
我必须先将我灵魂洗干净
才能去迎接这些亲人

我突然想对着故乡
喊回我丢失多年的小名
与故人围坐着，叙叙旧

梨花过境

树林飞雪
是从昨晚冷白的夜
开始汹涌的

梨花过境
云朵不再去远方
鸟的双翅也收于春天
一片雪倾城而出

袅袅敬亭山
染了胭脂
转成一层宣纸的浓墨
芳香穿越了山水

一人的季节
等待李白的神来之笔
欲上西楼的酒

写下千年两不厌

敬亭山
就隐藏于一片春天的
雪花之中

月落敬亭山

我捡到几行

众鸟飞去的痕迹

途经了夏夜的虫鸣

月落敬亭山时

有人钟情于烟青色

李白的五言绝句

正好出落在午夜的

宣纸上

月色肥美

你唤出山风饮酒吟诗

让月亮倚于西楼

为你打坐的敬亭山

欠身作揖

这时宣城的

孤寂山水和闲愁的云
都搁在一本线装的
唐诗里了

李白的飞鸟

孤云停了下来
望着天空还在奔跑

敬亭山上
探云的小路伸出黄昏
白色的鸟在上面走动

风吹过草尖
吹过李白的目光
白色的鸟突然飞了起来

一定是地上的白花
卷起千年的寂寞
寻找闲云飞尽的远景

此刻无人
巨大的寂寞漫过唐朝

屋檐上的风铃

只剩敬亭山
缩小成一个人的心跳

辑三　午后的蝉声

夜 之 殇

流星逝去了
大地收藏了它的尖叫

远方的云
在等待雨的时候
攥着夜晚的痛
流出了忧伤的眼泪

树木是幸福的
落叶抒写着年轮
让依次而来的风景
都成为过去

也许这
就是最后的结局
我们这小小的别离
又算得上什么

月光如雪啊

覆盖着人间所有的悲伤

黑 与 白

下弦月的白
浅浅地飘落下来
怎么是夜的黑
漫过了寂寥的脚印

这白和黑
像是合上手掌时
一段未曾相爱的恋情
虽有些洁白零落
却留不住半轮圆月
抓不住几许星光

今晚的夜色
隔离了苍白的星辰
有昨日的身影
从指缝间悄然流出
那只是相遇
是难以抵达时的拥抱

午后的蝉声

午后的蝉声
比去年更密集地生长
与一片微凉
从枝丫上垂下

用烈焰熄灭的声音
与你交谈
正像夏日的爱
铺天盖地地传来

这是短暂的生命
在属于自己的季节盛开
也许只是一瞬
却照亮彼此的一生

想念那个夜晚

雨中的路灯
挺拔了一个通宵
总想扔掉身后的黑
仿佛又有了更多的孤独

光很湿润
如细碎的野菊花
躺在江南的烟雨中
似睡似醒

你的美已经许诺
如柔丝般滑过我的手掌
只等时间的梨花
落入我的怀中

画　月

想画一轮明月

把你的夜晚点亮

遍地的皎洁

流淌着思念的芬芳

然而这一轮圆月

还没有画满

它便随着淡淡的眷恋

消失在梦开始的地方

花　魂

繁华的坠落
不过是三月的悲凉
宛如寂静雪
留下空荡的身影

落入泥土的芳香
再一次把我击倒
孤苦的魂
从更深的风雨处赶来
把春色一一阅尽

我抱紧自己的影子

寂静的夜
河岸的那双鞋
还醒着
我捡起水边
留下的脚印
把它挂在弯月下风干

当冬天
走向深夜的时候
我抱紧自己的影子
在缀满雪花的诗歌里
独自取暖

晚　秋

用尽所有的力量
未能留住绿叶的飘落
苍凉　忧伤　决绝

而我这半生的凋零
却又无能为力地追寻
沉默　无奈　疼痛

叶的一生
或许是与春相约在梦中
而我的一生
或许是与你从未相逢

终　点

你的火车
以告别的方式
驶出了晚点的驿站

忽然发现
蜿蜒着往昔的铁轨
却早已锈迹斑斑

或许不再回来
或许火车回来时
已不是许多年的从前

我不知道
错过去的风景
是否会重现在火车的终点

远 去 的 巢

秋深了
天空的翅膀
找到归去的路

是落叶飘飞的形状
在细雨中启程

只留下几枝窝草
几许苍凉
在高悬的树丫上
等待飞翔

大雁远去的路
有洁白的羽毛飘落
雪在迫近

落　叶

薄薄的落叶
在微凉的路口
向昨天
向美了一个夏季的风
告别

我只好把一截截
横七竖八的春梦
留给晚秋
留给冷下来的风

一叶叶的相思
在不断枯萎的身躯里
为你守候
过去的时光

启程的泪水

我把梦你的梦
安放在迷蒙的烟雨中
醒来后看见
忧伤的倒影独自飘零

爱去了远方
泪水也跟着启程
也许只有在我的诗歌里
才能与你相逢

当我写下：
你未曾见我伤心的模样
其实已转悲为喜
内心宁静

天色已晚
看你和暮色融化在黑夜中

我知道寻找你

比远方还远

暗香浮动的夜晚

一夜的雨
洗净昨晚的月光
花落处
春天走到尽头

我把自己
从你的梦中摇醒
闪烁的泪
已经无法掩饰

暗香浮动的夜晚
到处是
泣血的杜鹃

让爱绝地重生

如果可以
我想让那个夜晚
绝地重生

把藏在月下的悲喜
毫无保留地给你
让婉转的心事
干净的灵魂
和孤独酿成的诗意
与你彻夜交谈

思念的声音
从远方跋涉而来
在半睡半醒间
走过今夜的窗前

我伸出温暖的手

与无处躲藏的目光相遇
抓回来的
依然是冰冷的疼

心　　事

你不在那个夏日了
我找了很久很久
朝着不同的方向呼喊
空寂的青山绿水间
只剩下一贫如洗的宁静

风睡了吗
我把我的心事拿出来
听到了令人心颤的尖叫
我急忙把它收回去
不让你看到它忧伤的样子

如果……

如果我用爱情写诗
请读我以玫瑰刺伤掌心的鲜血
融火一般的热烈
提炼出迷恋和清醒

如果我用风雪写诗
请读我以冰河结成的一首高歌
穿越千山万水
去迎接第一缕春风

如果我用天空写诗
请读我以云水声情并茂的抒情
丈量在相爱的路上
掠过多少风雨和霓虹

如果我用乡愁写诗
请读我千里无垠的孤寒夜晚

像那枚年久失血的冷月
蹲在我思乡的梦中

如果我用灵魂写诗
请读我血脉里珍藏的挚爱
与沉淀后的浪漫
生成了我的万里河山

听　雨

听雨
是孤独的
在孤独的雨中
寻找最初的声音

沉重的云
从远方奔来
牢牢压住了
对你的呼喊

迷路的雨水
迟疑不决
最终还是落入
别人的怀抱

我 的 收 藏

收藏夜
收藏睡在心中的月光
也收藏留在我胸前的依偎

收藏梦
收藏开放于梦中的泪花
也收藏忧伤辗过我的身体

收藏雪
收藏超然于冬天的姿态
也收藏雪花慢慢死去的过程

为你写首诗

我想为你

写一首

在风雨中

共伞的时光

笑声未曾被淋湿

又在梦中长出记忆的诗

一首风止了

雨也停了

阳光肆无忌惮地

洒在歌声里的诗

一首在深夜里

月光陪伴着思念

一直慢慢走下去

迎接黎明喷薄而出的诗

往事无人认领

谁没有一个
缱绻的梦
谁没有一段
忧伤的情

谁没有一池月色
溅起甜蜜的回忆
谁没有一截枝丫
挂着枯萎的笑容

是谁低下了头
去抚摸内心的伤与痛
是谁的美丽往事
已没有人前来认领

是谁的至深情爱
从梦里逃了出来

却依然在月夜里

与灵魂静静地倾听……

爱 与 疼

所有的文章都睡了
唯我的诗歌依然醒着
爱或不爱的词
疼与不疼的语
都碎成今晚里的深渊
随我的缱绻梦
坠落下去

如果……

1

如果我用春天写诗
请读我以温暖越过梅香的冷
把冬天的叹息埋进土里
来年再长出绿叶的尖叫声

2

如果我用桃花写诗
请读我以柳间飞奔而下的春色
芬芳的红装穿好后
连同你的呼吸搂在怀中

3

如果我用星光写诗
请读我咫尺天涯的亘古守望
等那七夕深情相伴
把我的银河倾入你的手心

4

如果我用等待写诗
请读我以青苔在眼角无限蔓延
当熟悉的背影穿墙而过时
任不倦的我追风而去

春 已 走 远

春已走远

我急忙推开夏天的门

有一缕芬芳

飘落在雪花之上

找张温暖的脸安放泪滴

把昨夜的哭泣
连同不眠的梦寄给你
找一张温暖的脸
安放还没醒来的泪滴

你轻轻地写下：
我是如此地爱你
为何又用泪水的手
拿走了我内心的火焰

想起年轻的时光

枯萎的玫瑰
想起了年轻的时光
周身的香气
一直躲在梦里

我想把它
请到我的诗歌中
倾听它的经历和结局

别让秋砸伤我的悲悯

一片黄叶
最先落在我的诗笺上

云很净
也很忧伤

水流过的顽石
像我黄昏里攥着的拳头
在秋风里咬紧牙关

我想回到禾苗
回到青涩和田野的丰满
让高过阳光的麦芒
变得轻盈

悲凉的秋天啊
我不想让成熟的果子

被人摘走

不想让秋天
凋零

香 气 之 上

我在内心的旷野
种植了一冬天的芬芳
只等你在香气之上
含羞而立

我就把醒来的春水
捧给你
看着爱你的爱
在水中奔腾不息

然后
我把你轻轻抱下来
那花香不会离去
河水依然清晰

终将安抚我的生命

夜凉如水

有着月一般的黑

又无法阻挡

记忆深处的光

曾经的繁华

爱与被爱的细节

正穿越沙哑的喉咙

铺展于红尘洗涤的身体

安抚我的生命

有潮湿的眼神

模糊地画过远方

画过你红尘的羞涩

画过彼此孤独的忧伤

寻　梅

别再寻梅了
季节已过了时辰
目光随暖的风纷纷落下

一枝日益衰老的梅
像流浪的歌手
黯然无声
那种孤独的静
成了生命里最后的风景

曾经花开的声音
穿越冬夜的冷
带着苍茫的影子
在日渐凋零的冬季里
为早醒的春筑梦

梦出现了伤口

坐在梦里写诗
梦想着自己,惊天动地
月光
静静地流遍我的全身

有人戴着蓝色手套
搜出了我的梦想
折叠打包
有脚步声喧哗起来
梦
出现了伤口
我拎着一片微凉的夜
到下一首诗中,愈合

那 片 海

在梦的海边
我追寻着你的背影
拥抱着涨潮时的丰满
忍受着退潮时的虚空
从此那片摇晃的海啊
就像泪水时时涌出我的眼睛

秋夜,等一场雨

像黑衣女的长袖

静卧在岸边

那一双眼睛的幽暗

比夜色还柔软

比废弃的小溪更孤独

水声早已搁浅

两岸的水鸟缄默着

这月光的微凉

让我们靠得很近

却又被夜色无情地隔断

斜长的风声

如星光的倒影

覆盖了我的忧伤

无数的云匆匆飘过

我听到泉水涌出了眼睛

一场远方的雨
在秋夜愈演愈烈
无数朵遍地的白色花
又将最初的梦
流向了哪片蜿蜒的水域?

北 方 的 河

当迁徙的鸟鸣
高高低低的
飞成一片故乡的春天

北方的河
带着翠绿山水的记忆
使灌满暖风的岸
向天际慢慢地陷落

那里有万物生长
和路上流浪的脚印
而我的伤悲
来自河水搁浅在梦中

一只鸟累了
正向一小块月色问路
故乡的屋顶上

温暖的巢突然醒来

而北方的河
已披着茫茫夜幕
停泊在我安静的耳畔

春天的阅读

1

我是幸运的
在梅花熄灭的午夜

走在平原上
夜晚自己降临
在海水般的柔软里
我们再一次坦诚相见

当我爱上了你以后
就以野花充饥
满口喷香

2

桃花闹了一天
风一茬茬地倒下

一片粉红色的云
画过我的额头
重重地落在起伏的地面
你替我拂去了
溅在衣服上的暗香

月下空无一人
白天拥挤的脸
怎么也找不到我的那张

夜晚安静下来
我看见了春天的脚趾

3

其实只用了
一堆残雪的温暖
就融化了我的所有表情

越来越短的夜
雪人已没有生还的希望
它突然的悲伤
嘴唇里
咬着几滴哭声

早已无力追赶
那些由近而远的伙伴

4

每天都有脱去衣服的人
从风里走过
一开口
就将内心暴露无遗

我看见了
阴影擅自走远
旧光阴埋进了土里

日子就这样柔柔地亮着
有青草的味道
蝴蝶飞出羞涩的剪影

5

这顺从于低处的垂柳
已站立了
比风还长久的岁月
千年的水边
只为春鼓出第一片掌声

没有人知道
曾经感动过多少次风雨
是柳笛的声音
把春天摇成自己的样子

6

万物复苏
而石头是沉默的
让一切变成了往事

它总是习惯于埋在底层
风不露声色地
翻动着它的内心

这无声的动势
使我拥有了隐忍的宁静
和亲近土地的生活

7

虽然这生长的事物
都是我的

但必须等到
水中的冰凌花全部流去
窝巢生出了春色
雏燕如蝴蝶般飞来

我要找一块干净的高地
收藏它穿越的声音
低矮的身影
和安然恬静的梦

8

为爱寻找庇护
春天必然花开无边

我会约上醒来的梦
回到天籁
回到曾经丢失过的山坡
那里开满了
落魄失魂的鲜花

一卷吹来的风
把我们揉成彩蝶的碎片

9

走着走着
我的心灵就产生了风

这行吟的风声
白而有力地
悄悄占据了我的身体
山水的意志
奔突而来

我知道
越往清澈的田野走
阳光就越深
等我走到自己的家
春色就一寸寸地漫过头顶

后　记

1

我经常期待着夜晚的降临。

那里有无边的寂静,有许多我认识的,或是又无从记起的行色匆匆的面孔;有我既熟悉又陌生的河流、平原和黑色的羊群。我低下身来,与他们交谈。

寂静,就这样在夜色中闪亮着,温暖着。

2

黑暗中,我听到一些高高低低的虫鸣,从草丛间不断升起,一群归鸟的眼睛,在云中发出明亮的光,万物静默如谜。

3

夜的深处,我寻找隐藏在其中的诗歌语言的密码。

4

溪水远道而来,杨柳慢慢走动,月光从缝隙间漏下,蝴蝶有细微的动静,在这样的背景下,我灵魂的歌唱,来自家乡的最高处。

5

于是，我读诗、写诗、听诗，与我有关或无关的一切，纷至沓来，让我眼睛湿润。不管故乡是年轻还是衰老，土地是丰沃还是贫瘠。

6

我写他们，写他们赖以生存的土地和土地上呈现的诗意的灵魂。

每一次诗的启动与组合，我都明白诗歌对我的意义：任性而自由，独立而永恒。所有的浮名和荣耀，在这里归零。

7

我感恩他们对我巨大的馈赠

8

写诗的过程，是与灵魂对话的过程。只要我拿起笔，我就是一个纯粹的诗人。

9

这是我写诗的根和血脉，是我永远敬畏的精神家园。一个无法返乡的人，一生都在返回的路上。

10

在这本诗集里，或许让我能做到的：再次洗净自己，献上我虔敬的赤子之心。

二〇一七年九月二十六日

于诗城马鞍山